阿濃老師教作文

阿濃 著

新雅文化事業有限公司
www.sunya.com.hk

目錄

一 面對題目

二 決定體裁

三 基本技巧

四 字和詞

五 標點

六 文章選讀

七 改錯

序

文章要寫得好，基礎是多讀、思考和經歷。

多讀是養成閱讀的習慣，買書，借書，天天讀，時時讀。

思考是看到什麼，聽到什麼，遇見什麼，都問一個為什麼，想辦法找尋答案。

經歷是健康的活動多參與，旅行、參觀、比賽、聽講座、做義工、做家務。

阿濃寫這本書只是想做一個帶路人，告訴同學們哪裏有門，哪裏是路，讓大家走得快速些、輕鬆些，真正把文章寫好，還是要靠大家從基礎做起。

如果親愛的老師和家長，在學生閱讀時能協助一下，鼓勵一下，那效果就會大大增加。

阿濃

(一) 面對題目

1 仔細看清楚

你玩過「收買佬」遊戲沒有？參加者分成若干組，主持的人說他要什麼什麼，大家就要湊齊給他。

譬如他說要兩隻女裝錶，三隻襪，一副眼鏡，鬥快。結果紅組拿來兩隻男裝錶、三隻襪、一副眼鏡。黃組拿來兩隻女裝錶、三隻襪、兩副眼鏡。綠組拿來兩隻女裝錶，三隻襪，一副眼鏡。紅組錯把女裝錶變成男裝錶，黃組多拿了一副眼鏡，只有綠組全對。

作文時要仔細看清楚題目，譬如題目是《一個秋天的黃昏》，如果沒有突出「秋天」的特色，「黃昏」寫成夜間，就不「切題」（切合題目的要求）了。而最容易錯的是「一個」，應該是特殊的某一個，而不是普通的任何一個晚上。

練習

下面三條題目，請試列出要點。

1 運動日記趣

....

2 一棵大樹的自述

....

3 難忘的童年往事

....

2 不該選的題目

去茶樓飲茶，經常是大人對着點心單，決定叫哪些點心。他們有許多考慮。好吃嗎？貴嗎？健康嗎？多數人喜歡嗎？老人家特別喜愛嗎？

當作文有兩題或以上給你選擇時，你也該有你的考慮。

先談談不該選的題目：

1. 題目中有不認識的字；
2. 題目中有不明白的詞；
3. 題目中有不確定的字詞；
4. 題目中要求的經歷你沒有經歷過，也沒有聽說過；
5. 題目中的問題你沒有思考過；
6. 題目要求的體裁不是你所長（如議論文、説明文）；
7. 題目要求你説明或者議論，你不夠資料；
8. 你覺得自己無新意可寫，寫出來也是老生常談；
9. 你估計寫的時候會有字不會寫。

3 該選的題目

俗語：「有得揀，是老闆。」如果老師或考試有作文題「試選其一」，已經是一種幸運。但有人有「選擇困難症」，左揀右揀，拿不定主意，甚至作到一半又換題目，那就可能來不及完成一篇文章。**因此選題要在 5 分鐘以內完成，選定就不要三心兩意。**

再談談適合選擇的題目：

1. 最有把握的題目；
2. 曾經作過而且獲得高分的題目；
3. 曾經有過難忘或者有趣經歷的題目；
4. 腦海中有新意可發揮的題目；
5. 估計少人作而自己肯定寫得好的題目。

（二）決定體裁

4 四大類別——不同的角色扮演

傳統戲劇演員，角色有不同類別，包括生、旦、淨、末、丑五大類。化妝、服裝、動作、唱腔都有不同。

文章體裁也分幾大類別，中小學生主要是學習記敘和議論；說明、描寫其次；詩歌是另類，暫且不說。

我們試舉小明往離島旅行為例。

	題目	體裁
1	長洲一日遊	記敘
2	離島旅遊發展前景	議論
3	我的長洲旅遊經驗	說明
4	長洲的怪石	描寫

不同的體裁就有不同的表達方式，**記敘好像說故事**，把一件事清清楚楚、引人入勝地講述出來。**議論好像開辯論會**，各陳己見，還列出不同論點，加以剖析和評定。**說明好像推銷員推銷新產品**，詳述它的性質和功能。**描寫好像舊時的媒人**，把男女雙方描繪得如見其人。

5 記敘文——最多機會寫作的體裁

中小學生最多機會寫作的體裁是記敘文。記敘一件事的始末和過程，作者所見所聞和所感。

記敘文的內容包括**時**、**地**、**人**、**事**和**感**。

時	生日	早上	開學禮	春夏秋冬	
地	學校	街頭	海濱	山頂	運動場
人	同學	家人	老師	鄰居	表演者
事	旅行	觀劇	觀星	游泳	慶典
感	傷痛	佩服	敬重	快樂	遺憾

篇幅最長的是事，文章的目的是使讀者與你有同感。如果題目沒有指定，寫自己最熟悉、最有感受的事。

◇◇

記敘文除了要把整個事件敘述清楚之外，還要寫好細節。這些細節或動人或有趣或非一般，才可以使文章有吸引力。

像朱自清的《背影》，最動人就是他父親買橘子那段。

我說道：「爸爸，你走吧。」他往車外看了看，說：「我買幾個橘子去。你就在此地，不要走動。」我看那邊月台的柵欄外有幾個賣東西的等着顧客。走到那邊月台，須穿過鐵道，須跳下去又爬上去。父親是一個胖子，走過去自然要費事些。我本來要去的，他不肯，只好讓他去。我看見他戴着黑布小帽，穿着黑布大馬褂，深青布棉袍，蹣跚地走到鐵道邊，慢慢探身下去，尚不大難。可是他穿過鐵道，要爬上那邊月台，就不容易了。他用兩手攀着上面，兩腳再向上縮；他肥胖的身子向左微傾，顯出努力的樣子。這時我看見他的背影，我的淚很快地流下來了。我趕緊拭乾了淚，怕他看見，也怕別人看見。我再向外看時，他已抱了朱紅的橘子往回走了。過鐵道時，他先將橘子散放在地上，自己慢慢爬下，再抱起橘子走。到這邊時，我趕緊去攙他。他和我走到車上，將橘子一股腦兒放在我的皮大衣上。於是撲撲衣上的泥土，心裏很輕鬆似的，過一會說：「我走了，到那邊來信！」我望着他走出去。他走了幾步，回過頭看見我，說：「進去吧，裏邊沒人。」等他的背影混入來來往往的人裏，再找不着了，我便進來坐下，我的眼淚又來了。

練習 1 請寫在一次比賽中獲獎那一刻。

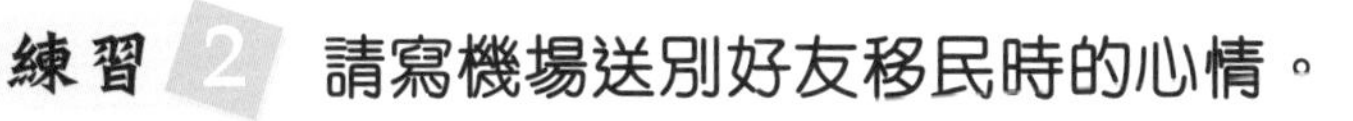

練習 2 請寫機場送別好友移民時的心情。

6 議論文——看你有沒有見地

議論文是老師出題的第二大類，除了看你的文字還看你的理據。

因此當你看到題目時，先要問自己：我對這個問題有沒有認識？譬如題目是《論加稅可不可以遏止通縮？》很明顯在你的常識範圍之外，你當然不會選這題。

再問自己對這問題有沒有獨到的見解？譬如題目是《賭博的害處》，相信所有選這題的所說都大同小異，難有新意，也難獲高分，如果有其他選擇就別作這題了。

適合你選擇的議論文題目，最好是有不同的見解，你能列舉，並且比較它們的對錯。你又記得有權威人士的意見，可引用來支持你的看法。如果能舉出一些實例，你的論點就更強而有力了。

練習

下面兩題你會選哪題？請列出你的理由。

1. 政府應該每年派糖（惠民政策）。
2. 男女校比全男或全女校優勝。

....

....

7 夾敍夾議——果仁巧克力

我們吃巧克力，有純巧克力，也有夾雜果仁的，增加了香味，添了咀嚼趣味。

記敍文之中也有夾雜議論和說明成分的，使文章多了趣味，更覺豐富。我們說這是「夾敍夾議」。

也有以記敍文形式開始，說是去訪問一位時事評論員，跟着聽他暢論世界局勢，這篇訪問其實是議論文。若是去訪問一位病理學家，記他講述疫苗的原理和製作，這篇訪問其實是說明文。

考卷和出題老師一般對文章體裁並沒有規定，決定怎樣寫要看內容怎樣表達最適合。

當然議論文的論點要清晰，說明文的描述要細緻準確。而夾敍夾議的記敍文，記敍仍要佔主要部分，就像果仁巧克力，主體仍是巧克力。

8 童話——說故事之一

兒童愛聽童話，兒童也可以寫童話。

你可能讀過、聽過的童話有《白雪公主》、《青蛙王子》、《小紅帽》、《灰姑娘》、《賣火柴的女孩》……

一．童話的特點

1. 充滿幻想

動物、植物、物件都像人一樣有思想，有情感，會講話。有神仙、鬼怪和魔法。

2. 美麗

有美麗的角色，美麗的場景，美麗的感情，超過日常。

3. 不平常

簡單但刺激，善惡分明，趣味濃厚，多數有好的結局。

二．怎樣寫童話？

1. 構思一個故事

想好主要的情節，開始、發展和結局，為的是表達一個主題：善比惡強大，團結就是力量，勤勞有收穫……

2. 確定人物

不要多，性格要鮮明。

3. 描寫

人物的樣貌，所處的環境都要細細描繪，讓讀者像看到一樣。

練習  請描寫一個動物農莊。

練習  請寫一段雞和鴨的對話。

9 寓言——說故事之二

寓言的最大特點是故事有寓意。

示例

《狼來了》	說謊的結果是說真話也沒有人相信。
《父子騎驢》	自己沒有主見，一味聽別人的話，結果很糟。
《農夫和蛇》	不可憐憫惡人。
《掩耳盜鈴》	自欺欺人，騙不了人。

寓言讀物：

《伊索寓言》

《中國寓言選》

寓言的寫作要點：

1. 故事要短
2. 無須真實
3. 無須仔細描繪
4. 寓意要清楚
5. 教訓可以在故事之後列出，也可以讓讀者自己悟得。

練習 1　請把《守株待兔》的故事寫出來。

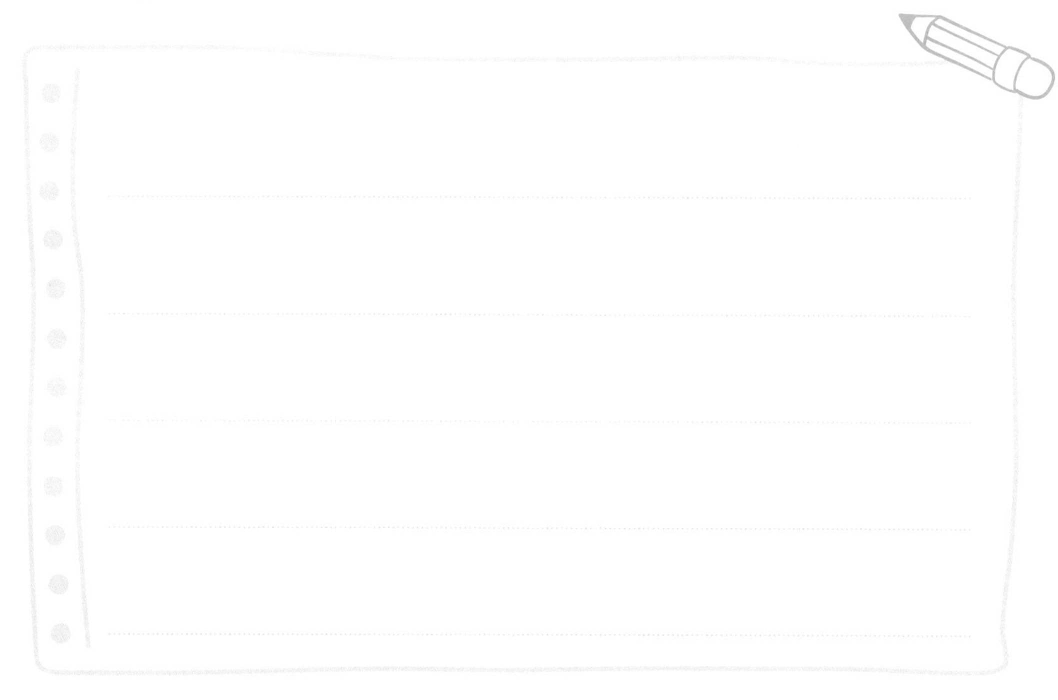

練習 2　請寫一則《龜兔第二次賽跑》的寓言。

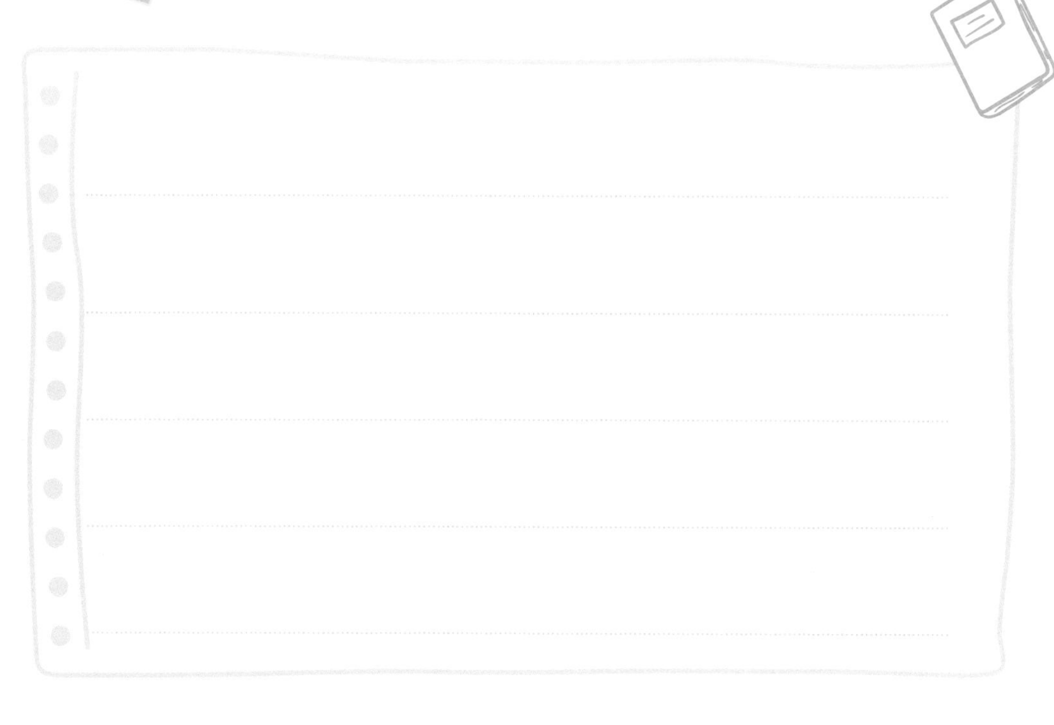

10 生活故事——說故事之三

生活故事是寫現實生活中發生的故事，虛構成分最少，即使虛構，也要寫成真的一樣。

生活故事跟記敘文不同的是記敘文對故事性沒要求，而生活故事有。這些故事要有吸引力，讓讀者願意讀下去。包括趣味、幽默、懸疑、同情、代入、欣賞、獲益的感覺。

生活故事要達到的目的：

勵志	向故事中的成功人物學習。
教訓	從人物的錯誤和失敗中吸取教訓。
欣賞	欣賞人間的種種美好：親情、友誼、愛、奉獻、犧牲、才能、技藝。
愉快	好的故事使讀者快樂，手不釋卷。

生活故事讀物：

1. 何紫的兒童小說
2. 阿濃的《濃情集》
3. 《數星星》
4. 《漢堡包和叉燒包》

練習

請從下面兩條題目中選一題寫一個生活故事：

1. 我家的故事
2. 我錯了

11 遊記——要有所側重

中國文學重視遊記，古詩中記遊的極多。散文中柳宗元的遊記，至今仍是香港中學生公開試題目。《徐霞客遊記》在地理學和文學上都有重要地位。

學校老師出遊記題目，是作為記敍文的一種要求大家的。

同學們曾經遊覽過的地方不少，如果你選擇其中一個，最好有所側重：

特殊性質	濕地公園	地質公園	觀鳥區
民間風俗	太平清醮	天后誕	盂蘭節
美麗景色	郊野公園	淡水湖	山頂夜色
異地風光	佛國風情	阿里山	五羊城
名勝古跡	黃大仙祠	鄧氏宗祠	大三巴

遊記文字要點：

1. 不要用陳言套語，如山青水秀、鳥語花香、波平如鏡、心曠神怡。
2. 除了寫景，還可抒情，還可議論，還可感慨。
3. 如果事前事後做了功課，還可寫點歷史、地理、生物知識，增加可讀性。

練習 1 遊記內容除了上面各點，還可以有什麼實際事物？

練習 2 請試寫一段遊記。

12 應用文新舊大不同（上）

有一類文章叫「應用文」，傳統的應用文最基本的要求是正確的格式，包括稱謂、敬詞、正文、信末頌候、署名、啟告語、日期。只是稱謂一項，親屬關係、職級高低就有許多講究。

如今用得最多的通信是 WhatsApp，基本上是對話，摒除了一切繁文縟節。因為早有的設定，名字和日期都可省掉。感情的表達還可借助 emoji（表情符號），因此學習舊日艱深的那一套，究竟還有多少意義？

我試為現代寫信要用的字詞、短語舉些例。

稱呼

1. **某某（名字）**：同學互稱、兄稱弟、姊稱妹、父母稱子女、師長叫學生、夫妻互稱都可以。
2. **某先生（姓氏加先生）**：一般對男性客氣稱呼。
3. **某女士 / 小姐（姓氏加女士 / 小姐）**：一般對女性客氣稱呼。
4. **親愛的某某**：對家人、愛人、相熟的長輩包括老師（但名字後要有尊稱）。（西方對什麼人都可以 Dear XX，中文不適合照譯。）
5. **尊敬的某某加銜頭**：對地位高者的敬稱，例如：尊敬的程董事長，尊敬的何國英校長。

練習

請在括號內填寫書信中給下列各人的稱呼。

① 黃國桐同學 ....　② 張志超班主任 ....

應用文新舊大不同（下）

起首的話

1. 你（您）好。　適合所有人。
2. 很久不見。　較長時間沒聯繫的朋友。
3. 您身體好嗎？很是掛念。　對長輩的問候。
4. 久仰大名。　給名人的第一封信。

信末的祝頌

1. 祝好！　最普通的問候。
2. 祝身體健康！　對所有長輩。
3. 祝安好！　對長輩，對身體不適的人。
4. 祝旅途愉快！　對準備或在旅行途中的人。
5. 祝編安／教安／文安！　對不同工作的人。
6. 祝生日快樂！／結婚周年之喜！／畢業之喜！　對不同喜慶的事。
7. 祝新年好！／祝中秋快樂！／祝聖誕快樂！　節日祝賀。

自稱

1. 某某　自己是低輩、平輩（記得寫給家人不要寫姓）。
2. 學生某某敬上　寫給老師或尊稱他為老師的人。
3. 職銜加某某某　例：某某小學校長某某某

練習

請寫一封信給班主任請假。

（三）基本技巧

14 文章起頭難

許多寫作的人，對文章的第一句都下筆艱難，遲疑不決，花費了時間。有人半開玩笑的說，不論作什麼題目，用「人生在世」開頭，總可以接下去，然後就順了。而這方法也居然使得，待文章作完將這句刪掉便是。

其實第一句可以有很多作用，看前人的文章便知。

1 我與父親不相見已兩年多了，我最不能忘記的是他的背影。

朱自清《背影》

第一句便點題（點出題目），為什麼最不能忘記呢？吸引人讀下去。

2 古之學者必有師。師者，所以傳道、受（授）業、解惑也。

韓愈《師說》

第一句便點題，同時簡要地寫出「師」的任務。

③ 要有這樣的一種戰士！

魯迅《這樣的戰士》

點題，直接有力。

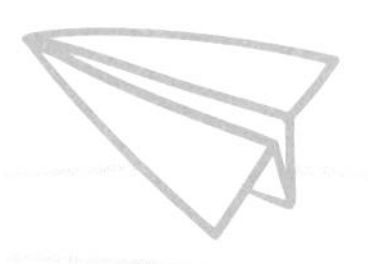

④ 為將之道，當先治心。

蘇洵《心術》

點題，立下全篇主題。

⑤ 在我的後園可以看見牆外有兩株樹，一株是棗樹，另一株也是。

魯迅《秋夜》

非平常的寫法，強調了棗樹，讀後才知有深意。卻已引起讀者的好奇。

15 起承轉合

所有的文章都脫不了「起、承、轉、合」這個四部結構，不同的是每部所佔篇幅多少。

一般「起」的篇幅比較短，「承接」之後詳加發揮。然後筆鋒一轉，故事發生波折，議論出現不同觀點（轉）。到文章的最後部分時頭尾呼應形成一個完整的環，至此結束（合）。巨著如《紅樓夢》、《西遊記》也不脫這個格式。

我們作文時，題目選定，要擬一個大綱，等於是文章的骨架。這大綱就可分成「起、承、轉、合」四條。

試以《一場乒乓球賽》為例：

起 這是一場重要的比賽。

承 各隊準備情況和賽前預測。

轉 賽情反覆，越來越緊張。

合 比賽的結果和啟示。

篇幅最長的是「事」，文章的目的是使讀者與你有同感。如果題目沒有指定，寫自己最熟悉、最有感受的事。

練習

請另附紙替《一場誤會》擬一個大綱。

第一身（第一人稱）和第三身（第三人稱）

講一件事關於你自己的，用「我」開始，就是第一身敘述法，也叫第一人稱。

你說了什麼，做了什麼，想過什麼，感覺怎樣，你都能一一寫出來；但旁人所說、所想、所做你就只能猜想。

有時你連「我」字也不用寫，像日記：「今天是假期，不用上學，到圖書館去借書。」但「今天是假期，**小明**不用上學，到圖書館去借書。」說的不是自己而是第三者小明的事，這就是第三身敘述了，也叫第三人稱。

如果你不但寫了小明的事，還寫了圖書管理員的事，寫他們心裏想什麼，為什麼兩個人都不開心，你什麼都知道，也稱為「全知」的寫法。

我們看的小說如《西遊記》、《水滸傳》、《三國演義》都是用第三身寫的。有一本小說叫《浮生六記》，是少有的第一身小說。

但第一身寫法的散文就多了，古代散文中的遊記，現代散文中朱自清的《背影》，冰心的《寄小讀者》都是。

練習

猜猜看，以下各文是第一身還是第三身。

1. 《父子騎驢》（　　）
2. 《桃花源記》（　　）
3. 《賣火柴的女孩》（　　）
4. 《童年的我》（　　）

17 不可失重點

電視劇情節：一個下級職員，囉囉嗦嗦向上司報告一些情況。上司聽得不耐煩。

「講重點！」上司說。

寫一篇短文，字數有限，如果全篇平鋪直敘，就會給人平平無奇、平常、平庸的印象。

我們要留下重點給敍述部分，着力書寫，其他部分都是陪襯，為它造勢。舉朱自清的《背影》為例，文章前部分對父親的描寫，是作者對他不諳世故、不精明、迂拙的感覺，直到：

我說道：「爸爸，你走吧。」他望車外看了看，說：「我買幾個橘子去。你就在此地，不要走動。」我看那邊月台的柵欄外有幾個賣東西的等着顧客。走到那邊月台，須穿過鐵道，須跳下去又爬上去。父親是一個胖子，走過去自然要費事些。

我本來要去的，他不肯，只好讓他去。我看見他戴着黑布小帽，穿着黑布大馬褂，深青布棉袍，蹣跚地走到鐵道邊，慢慢探身下去，尚不大難。可是他穿過鐵道，要爬上那邊月台，就不容易了。他用兩手攀着上面，兩腳再向上縮。

他肥胖的身子向左微傾，顯出努力的樣子。這時我看見他的背影，我的淚很快地流下來了。

詳細如實的描繪，引發了多少讀者的眼淚！

18 怎樣寫人物

寫人物是作文的重要課題，看《西遊記》，我們就會記得孫悟空、豬八戒、唐僧的不同個性。看《三國演義》，我們就會記得諸葛亮、劉備、曹操、關羽、張飛的各種表現。魯迅寫活了阿Q，金庸使郭靖、黃蓉、楊過、小龍女、韋小寶、洪七公成為我們熟悉的人物。

中小學生寫人物，需要真人做藍本。這個人是你熟悉的人，而且他有特別的個性。寫人物要有他的外貌，但更重要的是他的個性。

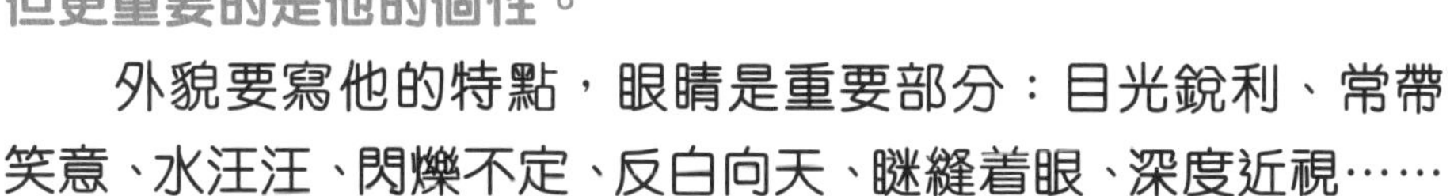

外貌要寫他的特點，眼睛是重要部分：目光銳利、常帶笑意、水汪汪、閃爍不定、反白向天、瞇縫着眼、深度近視……

頭髮也不可忽略：濃密、稀疏、微禿、鬈曲、微黃、漆黑、光頭、平頭、髮長至腰、清湯掛麪、一頭亂髮……

性格不要籠統地概括，温和、暴躁、慈祥、温柔、固執……都嫌簡略，性格要通過人物行為去表達，不止一件，而是相關的許多件。

如果字數許可，還可以通過發生的事，看到他性格形成的過程。

聽過一句話：「性格決定命運。」人物最終的遭遇，正好印證了這點。

練習

請另附紙完成題目：我的自畫像（包括外貌和個性）。

19 怎樣寫動物

寫動物以貓為多，作家陳子善編了一本很暢銷的書《貓啊，貓！》，收集了多位作家寫的貓文章，阿濃也寫了一本書叫《濃貓》。

書店還有寫其他動物的書，如《狼圖騰》、《天地一沙鷗》，人化了的動物角色有《西遊記》中的猴子和豬，《白蛇傳》中的蛇。

寫動物離不開寫牠們的形態和動態，沒有養過貓狗的憑空寫不出。

動人的動物故事總是寫牠們與人的情誼。

寫動物情誼難在動物不會講話，牠們有牠們獨有的方式來表達感情，往往細緻微妙，是愛牠們的人才明白和描寫到。

人與動物的交往很多時有一個悲哀的結果，走失、車禍、疾病、死亡，即使情況類似，仍然十分感人。

練習

請另附紙完成題目：我想養一隻小狗 / 小貓。

20 好的結尾——有餘不盡

評分員讀完文章最後一句後開始給分，文章結得好，立時加分，結得差當然減分。因此文章結尾定要用心去寫，即使不是為了評分，也留給讀者較深的印象。

好的結尾有兩類，一類是餘音裊裊，讀完意猶未盡，要掩卷沉思一番；一類是警句結束，使讀者心潮澎湃，受到鼓動。下面是一些例子：

甲類

① 童子莫對，垂頭而睡。但聞四壁蟲聲唧唧，如助余之歎息。

歐陽修《秋聲賦》

在聽完奔騰澎湃、波濤夜驚、風雨驟至的秋聲後，回歸寂靜，但聞蟲聲，讓我們也沉浸其中。

② 何夜無月，何處無竹柏，但少閒人如吾兩人耳。

蘇軾《記承天寺夜遊》

使我們領悟到佳境恒在，只是我們勞勞碌碌，經常錯過。要不要改變一下呢？

乙類

1 沒有吃過人的孩子，或者還有？救救孩子……

魯迅《狂人日記》

借瘋子的思路，揭示這是人吃人的世界，每個人難逃這樣的命運。但希望或者還有乾淨的孩子，救救他們吧！

2 雞鳴狗盜之出其門，此士之所以不至也。

王安石《讀孟嘗君傳》

警句，改變傳統的想法，筆力千鈞。

比喻修辭——光陰似箭

用一種敘述方式，把話說得更明白，美麗、有趣，叫做「修辭」，方法很多。小學和初中同學，先認識其中兩種：比喻和擬人。

先說比喻。又分明喻、隱喻（也叫暗喻）、借喻三種。

用得最多的是**明喻**。格式是 A 像 B。同學們不妨多用，下面是例子：

光陰似箭

這句子裏有三個身分：「光陰」是正文（也叫本體），「似」是比喻詞，「箭」是比喻（也叫喻體）。共同點是「快」。

常用的比喻詞有：「像」、「好像」、「如」、「似」等等。

舉多幾例：

正文（本體）	比喻詞	比喻（喻體）	共同點
心	如	止水	平靜
他瘦得	像	根竹竿	瘦
阿里山的少年壯	如	山	雄壯

隱喻的格式為 A 是 B。

示例

1. 她自小多病，是個藥煲。
2. 媽媽的愛是太陽，温暖我心房。

借喻的格式是 B = A。A 不出現，用 B 代替它。

示例

1. 這是個狼虎成羣的世界。（狼虎代替兇殘的壞人）
2. 鬆懈的法制養肥了大批寄生蟲。（寄生蟲代替不勞而獲的敗類）

練習

請給以下句子加上比喻。

1. 剛下山的太陽像……
2. 大片的綠草像……
3. 往事如……
4. 前途似……
5. 她燦爛的笑容好像……
……
6. 從高處望下，街上的人羣好像……
……

22 擬人修辭——春天姍姍來遲

常用的修辭方法之一是擬人，就是把動物、植物、無生命物都當人，像人一樣有思想感情，會說話，會哭會笑會做一切人類會做的事。

寓言、童話整篇都是擬人，這一篇說的是作文中部分擬人。

示例

1. 已是三月，仍下小雪，春天姍姍來遲。
2. 小狗搖着尾巴，想跟我做朋友。
3. 秋蟲組成的樂隊正在大合奏。
4. 孩子們回家了，鞦韆感到寂寞。
5. 花非花，霧非霧，夜半來，天明去。
6. 山月隨人歸。
7. 落紅不是無情物，化作春泥更護花。
8. 蠟炬成灰淚始乾。

練習

請用以下事物作一擬人的句子。

1 枕頭

2 玫瑰

3 老牛

4 雨

（四）字和詞

23 名詞（上）——萬物皆有名

你有名字，我有名字，萬事萬物都有名字，這些名字都屬名詞。孔子講學習詩歌的好處之一，就是多識鳥獸草木之名。

譬如鳥名有麻雀、烏鴉、鷹、鴿、孔雀、海鷗、鸚鵡……

獸名有獅、虎、豹、狼、象、猴、斑馬、長頸鹿、羚羊……

草木有松、柏、杉、梅、桃、李、竹、柳、菊、蒲公英……

大自然的天氣就有晴、雨、霜、雪、雲、霧、霜、露、雷、電、風……

社會機構就有政府、法庭、醫院、學校、市場、廟宇、教堂、廉政公署……

文學體裁有詩、詞、歌、賦、小說、散文……書法有楷書，隸書、篆書、草書……

真是舉不勝舉。

以人名來說，古人不止有「名」還有「字」、「號」，像蘇軾字子瞻號東坡居士；李白字太白號青蓮居士。這就要有點常識。

有的姓氏被特定人物專用了，像「孔孟」就是孔子和孟子，他們是儒家的代表人物；「李杜」是李白和杜甫，他們是唐代最偉大的詩人。

名詞（下）——名詞細細看

有時同一種事物有多個名字，也需要有這方面的知識，如狗和犬，貓和貍奴，豬和豚，杜鵑和杜宇，腳和足，頭和首，鬍子和鬚，太陽和日，船和舟，牙和齒……後面的一個多見於文言文。

白話文的名詞多數是二字詞，於是：

鬍 + 鬚 = 鬍鬚　　牙 + 齒 = 牙齒

泥 + 土 = 泥土　　樹 + 木 = 樹木

一. 名詞有時可以當形容詞用

1. 不怕神對手，只怕豬隊友。
   「神」和「豬」都是當形容詞的名詞。

2. 這班伙計很蛇。
   蛇 = 懶

3. 這間餐廳的生意很火。
   火 = 興旺

4. 這隊足球技術好水。
   水 = 差

二. 名詞又可以當動詞用

1. 他的回憶錄是為自己樹碑立傳。
   樹 = 建立

2. 李白醉草嚇蠻書。
   草 = 撰寫

3. 她被公司雪了兩年，終於解凍。

雪 = 冷藏，不重用

名詞有時需要簡化，如「廉政公署」簡化為「廉署」，「高等法院」簡化為「高院」。

中國的省份和大城市各有簡稱，縮為一個字，如「廣東」是「粵」，因此有「粵語」、「粵劇」、「粵菜」等詞。

示例

福建（閩） 廣西（湘） 雲南（滇） 西藏（藏） 上海（滬） 杭州（杭）

練習

1 請寫出下列各字的二字詞，二字須同義：

房（　　　　　　）、田（　　　　　　）

蔬（　　　　　　）、疾（　　　　　　）

2 請舉兩個名詞當形容詞用的例子：

……………………………………………………………………

3 請寫出下列地名的縮寫：

湖北（　　　　　　）

安徽（　　　　　　）

山西（　　　　　　）

動詞——動詞用處多

中文除名詞外，使用最多的是動詞。跟英文不同的是，動詞在英文句子中屬必要，中文卻可以省略。

例如：她美麗大方又高貴。而無須寫成：她是美麗大方又高貴的。那反而不是好的中文。

又如：我心痛楚。而無須寫成：我的心感到痛楚。

「感到」這動詞不說也知道，可以省略。把英文文法硬搬進中文，結果是不地道的中文。

動詞在中文中的作用：

1. 動作　說、唱、吃、喝，跑、跳、飛、舞、打、開、關、讀、寫

2. 心理活動　喜歡、討厭、欣賞、害怕、羨慕、妒忌、失望、盼望

3. 命令　停！滾！走開！投降！繳械！趴下！默哀！去！

4. 判斷　是、定、屬

5. 存在　在、出現、消失、變化、隱沒、亮相

練習

1. 請另附紙在上列的動詞中選三個各作一句。

26 形容詞的使用——怎麼個好法

老師出題：《西貢遊記》。某生作文，西貢風景好，山好，水好，食物好，人情味好……怎麼個好法？無法形容。

這就要靠我們平日積聚，手上有足夠的形容詞供適合的選擇。

不論人、物、天氣、山水、樹木、花草、農村、市鎮、節令、風俗……都有現成或自創的形容詞或形容片語去描繪，給人清楚、明白、鮮明、深刻的印象。

同一樣事物依它當時的表現有不同的形容，我們要掌握它們細微或截然不同的差異。

就拿人的聲音來說，有清脆、稚氣、蒼老、尖銳、嘶啞、宏亮、低沉……

形容眼睛也有靈活、銳利、清澈、美麗、明亮、渾濁、呆滯、閃爍、水汪汪……

練習

❶ 請列出 5 個形容頭髮的形容詞。

....

....

❷ 請列出 5 個形容月亮的形容詞。

....

....

代詞——我、你、他、她、它

1. 我、你、他是「代詞」，最簡單是「我」，最複雜是「他」。
2. 我，稱自己。「我們」，包括自己在內的若干人。但「我」也可當「我們」用：我校、我軍、我方、我城。
3. 咱，北方用語，包括聽者的「我」。
4. 你，稱對方。「你們」，不止一個人的對方。「你」也可以當「你們」用：你方、你校、你隊。
5. 妳，有人用來稱女性的對方，但無此必要。
6. 您，「你」的尊敬說法，發音不同。平常書寫不一定要。
7. 他， 你、我以外的第三者，一般稱男性。「他們」，稱包括男女在內的二人以上。「他」也可當「他們」用：他方、他鄉、他國、他邦。
8. 她，女性的第三者。「她們」指不止一人的女性。稱國家也可用「她」表示尊敬。
9. 它，稱人以外的事物。以前動物用「牠」，死物用「它」。如今有些地方簡化了一律用「它」。
10. 祂，宗教信徒用來稱神。

練習

請你填進適當的代詞。

❶（　　　）是一間女校的三位代表隊員。

❷ 王小強（　　　）今年的成績進步了很多，繼續努力！

❸ 你說來找（　　　），（　　　）卻說不認得（　　　）。

❹ 只要（　　　）一家肯努力，一定可以打贏（　　　）。

28 連接詞——兩相連

兩件事、兩個人、兩種物件、兩種情況，將他們相連，表示他們之間的關係或處境，需要一些詞語來連接，這些詞就是連接詞。

連接詞最少有 6 類。

1. 表示並列關係

較常用的是「和」、「又……又……」、「一面……一面……」。

示例

1. 海洋公園**和**迪士尼是香港兩大遊覽地。
2. 得到冠軍，他們高興得**又**跳**又**叫。
3. 他**一面**看電視**一面**做功課，做錯了很多。

2. 表示選擇關係

較常用的是「或」、「或者」。

示例

1. 星期二**或**星期五我都有空。
2. 你如果明天沒空**或者**後天來也可以。

3. 表示轉折關係

較常用的有「但是」、「不過」、「雖然」。

示例

① 我答應你，**但是**你要遵守兩個條件。

② 他找到了新工作，**不過**工資較低。

③ **雖然**他答應改過，怕的是說說而已。

4. 表示因果關係

較常用的有「因為」、「所以」。

示例

① **因為**懶惰，**所以**一次又一次留級。

② **因為**一時衝動，鑄成大錯。

③ 沒有合法證件，**所以**被拒入境。

雖然沒有使用因果關係的連接詞，卻因為不說也明白那就不用。「預測會有大雨，請帶傘。」。比「因為預測會有大雨，所以請帶傘。」更簡潔。

5. 表示遞進關係

較常用的有「不但……而且……」。

示例

沉迷看手機，不但浪費時間，而且損害視力。

6. 表示條件關係

較常用的有「只要」、「除非」。

示例

① **只要**功夫深，鐵杵磨成針。

② 若要人不知，**除非**己莫為。

29 量詞（上）——考起外國人

我們學英文，對動詞時式的變化大感頭疼；但外國人學中文最怕的是量詞，因為數量多，而且沒有規律可循，只能靠記。用得較多的量詞有：**個、隻、張、件、枝、塊**

個	一個人	一個球	一個故事	一個計劃
隻	一隻貓	一隻狗	一隻蝸牛	一隻青蛙
張	一張紙	一張被	一張證書	一張百元大鈔
件	一件餅	一件衫	一件往事	一件詐騙案
枝	一枝筆	一枝花	一枝玫瑰	一枝牙簽
塊	一塊磚	一塊地	一塊麪包	一塊石碑

還有數之不盡的量詞：

一面牆　一眼針　一把傘　一口井　一碗麪
一頭牛　一羣羊　一扇門　一條路　一輛車
一台戲　一瓶醋　一本書　一座山　一席話
一份情　一顆釘　一對腳　一架飛機　一場戰爭

練習

你能夠加上適合的量詞嗎？

一（　）歌　一（　）文章　一（　）軍艦　一（　）炮

量詞（下）——古人較簡單

1. 其實文言文中沒有這麼多量詞，古人簡單又聰明：

   一字一淚　　不是一個字一滴眼淚。

   一針一線　　不是一枝針一根線。

   九牛二虎　　不是九頭牛兩隻老虎。

2. 為組成四字成語，更是這樣：

   千山萬水　　三頭六臂　　一男半女　　七手八腳

3. 為了方便記憶，近代新詞也成語化：

   一國兩制，代表一個國家兩種制度。

4. 詩句和諺語中省略量詞的也很多：

   一將功成萬骨枯

   一山不能藏二虎

   一蟹不如一蟹

   一粥一飯當思來處不易

5. 但是古代文字中也是有量詞的：

   一輪明月（輪）　更上一層樓（層）　一片冰心在玉壺（片）

6. 有趣的是還有把量詞代替它要連接的名詞：

   例如「晚來天欲雪，能飲一杯無？」就是用「杯」代替酒。

7. 更有趣的是粵語「三年抱兩」，用數詞代替了量詞和名詞，「兩」等於兩個孩子。

練習 1

你能夠加上適合的量詞嗎？

一（　）印　一（　）死水　滿（　）心事　一（　）浪花

練習 2

請找兩個省略了量詞的成語或諺語。

你掌握量詞在作文中的用法了嗎？

粵語動詞的轉譯——飲和食

生活在說粵語的社會，甚至粵語是母語，作文時除了一些特殊的例子，我們還是要把粵語改寫為書面語。這方面的例子舉不勝舉，靠的是平常多加留意。

這一節我們試舉最常用的一些動詞：

食飯要寫吃飯，食菜要寫吃菜。但如應用成語，像「民以食為天」、「食得是福」時，卻要保留文言的「食」。

飲水要寫喝水，飲酒要寫喝酒。但如應用成語，像「飲水思源」、「共飲長江水」，卻要保留文言的「飲」。

睇書要寫看書，睇戲要寫看戲。但「相睇」卻要寫「相親」，「睇相」卻是「算命」。

企立是站立，罰企是罰站。但「企圖」、「企盼」卻不能改。

瞓覺要寫睡覺，眼瞓要寫渴睡。「瞓唔着」是「睡不着」，喊要寫哭，大喊是大哭。「大喊十」是「哭包子」。喊的另一解釋是呼叫，粵語詞是「嗌」。「嗌口號」要寫「喊口號」，「嗌救命」要寫「喊救命」。

其他如着衫是穿衣，着鞋、着襪皆如此；除衫是脫衣，除帽要寫脫帽。

行要寫走，行路是走路，「行得未？」是「可以走了嗎？」但同行、送行、行萬里路，仍要用「行」。

練習

請把下面的粵語詞改成書面語：

影相（　　）　飛髮（　　）　揸車（　　）　返工（　　）

32 粵語否定詞的轉譯——冇和唔

粵語詞彙中用得最多的否定詞是「冇」和「唔」。

「冇」是「有」的相反，即是「沒」、「無」或「沒有」。

「冇錢食飯」是「沒錢吃飯」，「冇屋住」是「沒房子住」，「冇理由」是「沒理由」，「有冇去過杭州？」是「有沒有去過杭州？」，「冇所謂」是「無所謂」。

「唔」等於「不」，「唔好」做一件事是「別」做一件事。「好唔好？」要寫「好不好？」，「唔關我事。」要寫「不關我的事。」

「唔使問都知係佢做嘅！」要寫「不用問都知道是他做的啦！」，「唔好結交一些唔三唔四嘅人！」要寫「不要結交一些不三不四的人！」，「唔講唔知我哋原來係同鄉。」要寫「不說不知道我們原來是同鄉。」

「唔好講！」要寫「別說！」，「唔好睬佢！」要寫「別理他！」

練習

請改寫下列句子。

❶ 冇事唔好打電話來。

....

❷ 唔好怪我冇面俾。

....

33 數字寫法——漢字和阿拉伯數字

別以為幼稚園的學生已經會寫數字，正確的數字寫法還對天天寫作的作家造成困惑。

因為常用數字有兩套，阿拉伯數字和漢字。

先談一定要用漢字的地方。

1. 已經定型的詞

一律　二話不說　三字經　四季
五彩繽紛　六國封相　七夕　八面威風
九霄雲外　十面埋伏　百年好合　千山萬水

2. 兩個數字連用

三四天　五六尺　七八歲

3. 十以內的整數

一隻貓　四本書　七間房　九天走了 460 公里

4. 星期

星期一　星期二　星期五

5. 詩文中的數字

白髮三千丈　三十功名塵與土

再談適合用阿拉伯數字的地方。

1. 公元紀年

2024 年 7 月 1 日
魯迅（1881 年 9 月 25 日 – 1936 年 10 月 19 日）

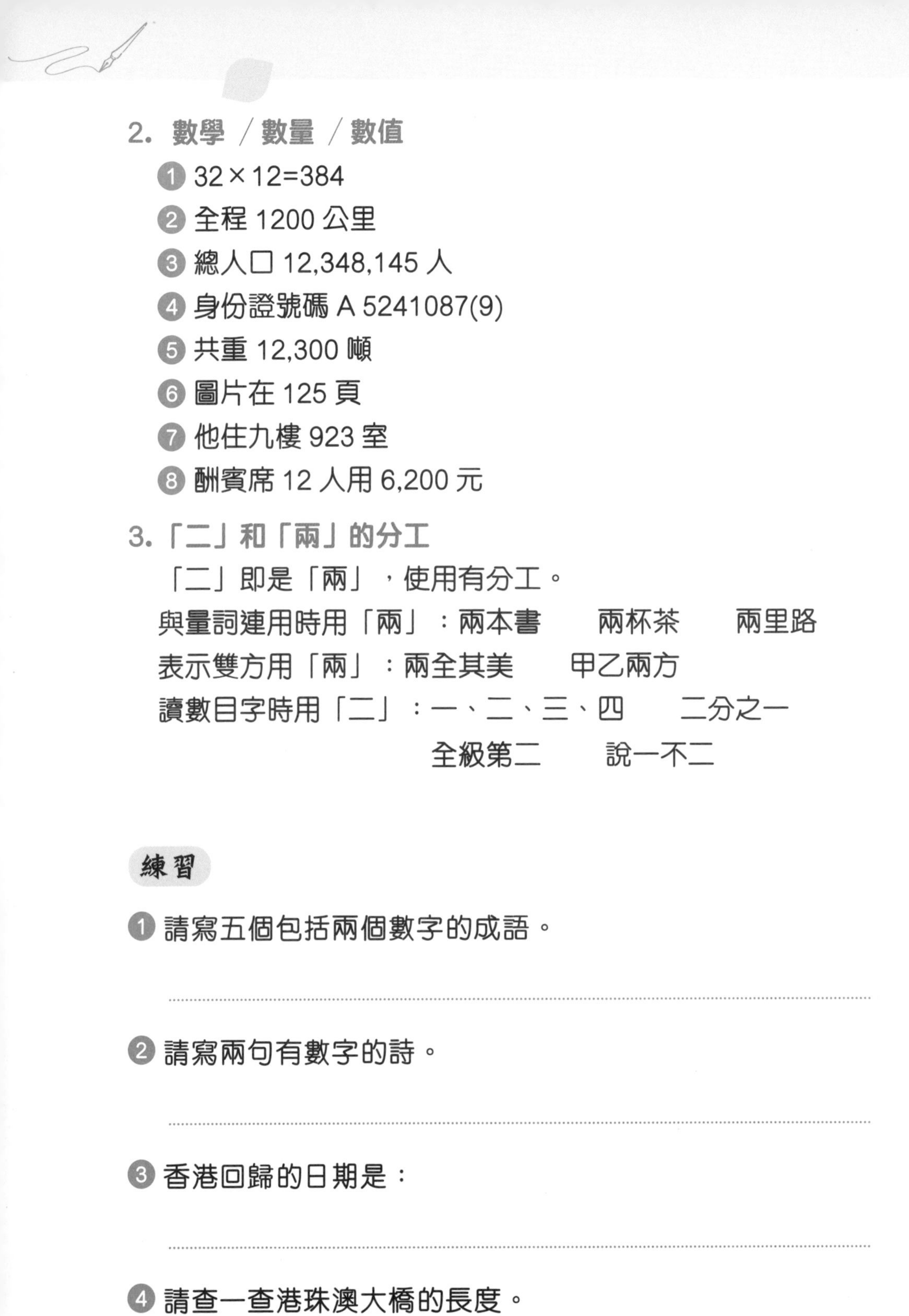

2. 數學／數量／數值

① 32×12=384

② 全程 1200 公里

③ 總人口 12,348,145 人

④ 身份證號碼 A 5241087(9)

⑤ 共重 12,300 噸

⑥ 圖片在 125 頁

⑦ 他住九樓 923 室

⑧ 酬賓席 12 人用 6,200 元

3. 「二」和「兩」的分工

「二」即是「兩」，使用有分工。

與量詞連用時用「兩」：兩本書　兩杯茶　兩里路

表示雙方用「兩」：兩全其美　甲乙兩方

讀數目字時用「二」：一、二、三、四　二分之一

全級第二　說一不二

練習

① 請寫五個包括兩個數字的成語。

……………………………………

② 請寫兩句有數字的詩。

……………………………………

③ 香港回歸的日期是：

……………………………………

④ 請查一查港珠澳大橋的長度。

……………………………………

成語（上）——節省文字的詞組

漢語文字中有一類特別詞組，多數是四個字，來自古代的歷史、故事、文章、語錄……一共萬多個。在作文中使用成語，因為它已蘊含了許多意思，因此可節省不少文字。

示例

如今市道不景氣，失業人多，找工作不容易。用成語表達就是：如今市道不景氣，人浮於事。

但成語用得太多，會給人老生常談的感覺。使用成語如果不了解它產生的源頭，也容易用錯。

像：他的動物學知識貧乏，時常指鹿為馬。「指鹿為馬」不是因為知識不足，而是故意說錯：他指鹿為馬，當天下人可欺。

小學生認識常用的 500 個成語已夠，中學生略多一些，可以達到 1,000。見到成語如果不明白，可以查詞典或上網查它的解釋和用法。

練習

請試找出下列成語欠缺的字。

❶（　　）日千里 ❷（　　）毛不拔 ❸（　　）見如故

❹（　　）帆風順 ❺（　　）技之長 ❻ 九牛（　　）毛

❼ 耳目（　　）新 ❽ 孤注（　　）擲 ❾ 奄奄（　　）息

❿（　　）室九空

35 成語（下）——褒和貶

成語之中有些是「褒詞」，讚美用；有些是貶詞，譴責用，不可弄錯。譬如「罄竹難書」，是多到把竹用光也無法記載（古代用竹簡記載史實），但這句記載的是罪惡，因此是貶詞。

如果說：他對社會的貢獻罄竹難書，就鬧笑話了。

我先舉一批褒詞：

大智若愚	不亢不卑	不恥下問
中流砥柱	目光如炬	過目不忘

再舉一批貶詞：

守株待兔	良莠不齊	一意孤行
大言不慚	火中取栗	不勞而獲

練習

請分辨下列各成語是褒（✔）是貶（✘）？

❶ 同舟共濟（　）　❷ 有口皆碑（　）　❸ 好大喜功（　）

❹ 有求必應（　）　❺ 任勞任怨（　）　❻ 老生常談（　）

❼ 坐享其成（　）　❽ 坐井觀天（　）　❾ 作育英才（　）

❿ 見異思遷（　）　⓫ 助紂為虐（　）　⓬ 和衷共濟（　）

豐富詞彙（上）——紅黃藍白黑

文章由字詞組成，我們認識的字詞越多，越能夠寫出好的作文來。就像砌 lego（樂高），粒數越多，能砌的作品也越多。

試舉五種顏色為例，其實各有多種表現（不包括深淺）。

紅　棗紅、桃紅、血紅、嫣紅

黃　金黃、鵝黃、蛋黃、蠟黃

藍　蔚藍、天藍、海藍、靛藍

白　雪白、米白、銀白、慘白

黑　漆黑、昏黑、烏黑、灰黑

它們各有用途。

一些動作又有程度深淺之分，如笑的由淺入深：含笑、微笑、淺笑、大笑、狂笑。

笑又有性質之分：甜笑、苦笑、奸笑、媚笑、強笑、開懷大笑、皮笑肉不笑。

練習

請列出不同的哭。

37 豐富詞彙（下）——添磚添瓦

建屋要磚瓦，作文要詞彙。怎樣可以增添詞彙呢？閱讀、選取、記錄、認識、記憶。

舉一個例子：我們閱讀魯迅的《故鄉》，頭幾行這樣寫。

我冒了嚴寒，回到相隔二千餘里，別了二十餘年的故鄉去。

時候既然是深冬：漸近故鄉時，天氣又陰晦了，冷風吹進船艙中，嗚嗚的響，從蓬隙向外一望，蒼黃的天底下，遠近横着幾個蕭索的荒村，沒有一些活氣。我的心禁不住悲涼起來了。啊！這不是我二十年來時時記得的故鄉？

找本筆記簿，選取有用詞彙：嚴寒、深冬、陰晦、蒼黃、蕭索、悲涼。把它們抄下來。逐個弄清楚它的意思和用法。

嚴寒　極冷的天氣。嚴有厲害的意思，如嚴詞、嚴刑。

深冬　入冬已久。形容季節的階段有初春、仲夏、深秋、殘冬等。

陰晦　陰暗不明朗的天氣，晴朗的相反。

蒼黃　暗黃色，當時天空的顏色。天空有蔚藍色、灰暗色、魚肚白色等。

蕭索　同蕭瑟，殘舊破敗。

悲涼　悲哀傷感。一種感覺，如：悲涼的身世。

練習

請試選上面三個詞彙各作一句。

38 字的研究（上）——「兒」和「子」

即使很淺的中文字，研究一番也充滿趣味。這裏舉兩個例。

中文詞語的組成，有時無規律可循，依的只是習慣，像有的單詞，配「兒」，有的配「子」，有的兩不配，有的卻兩可。

配「兒」的：人兒、馬兒、貓兒、狗兒、鳥兒、花兒、草兒、官兒、門兒、歌兒、球兒、碗兒、鈴兒、心兒、嘴兒、哥兒、姐兒。

配「子」的：房子、屋子、廚子（廚師）、戲子（演員）、扇子、襪子、褲子、裏子、面子、蚊子、尺子、夾子、梳子、閣子。

兩樣皆可的：猴兒/猴子、狗兒/狗子、被兒/被子、帽兒/帽子、車兒/車子、鼻兒/鼻子、肚兒/肚子、瓶兒/瓶子、蟲兒/蟲子。

兩樣都不可加的：飯、茶、湯、雪、霜、霞、雷、霧、紙、木、火、鐵、錢、布、絲、墨、鹽、糖、冰。

練習

請在下面的單字詞後加上「兒」或「子」或兩樣。

1 蜂（　　）　2 蝶（　　）　3 獅（　　）

4 果（　　）　5 雨（　　）　6 梳（　　）

字的研究（下）——真老和假老

原來有「老」字的詞不一定是年紀大了，而是表示尊敬。

表示真的上了年紀、有了時間的有老人（老人院、老人福利）、老夫（自稱）、老衲、老僧、老婦、老屋、老樹、老酒、老歌、老友（交往有年且投契）、老本、老淚（縱橫）、老鋪、老字號、老牌、老頑童、老火湯。

表示尊敬，時間不一定長久的有老師、老手、老編、老兄、老大。至於老虎，百獸之王當然要尊敬；老鼠，詭計多端，許多人一見即驚呼，尊而稱之誰曰不宜？享同等待遇的只有我們稱智商高的烏鴉為老鴉或老鴰。因為有「小老師」「小老虎」「小老師」，便知不是真老。而 30 歲的是青年老編也。

練習

請寫兩個句子說明「老手」、「老大」年齡並不老。

（五）標點

40 標點用處大——三作用

學習作文，一定不可以不學習正確使用標點。許多人疏忽了這一點，包括一些作家在內。

我認識一位作家，在報紙上擁有一個專欄。碰上副刊要縮小版面，編輯第一個要淘汰的是她。因為編輯要幫她改正標點，不勝其煩。要知道標點出現的次數比任何一個字都多。

標點的作用不只是用來斷句，它至少有三個作用：

一、**表示停頓**。還標示停頓時間的長短。

二、**表示語氣**。疑問、驚歎、歡呼、怒吼……

三、**表示性質**。是說話、引用、書名、歌名……

比較難的是標點放置的位置，像話中有話，書中有篇，篇中有目，都不是個個懂得。

花點時間把標點的用法弄明白，幫助你寫出沒有瑕疵的文章，完全值得。

練習

請抄寫一段有六種不同標點的文字。

從「、」到「。」——長停短停

朗誦一篇文章時需要有停頓，供朗誦者呼吸，供聆聽者咀嚼、思考。停頓時間有長有短，負責這項工作的是頓號「、」、逗號「，」、分號「；」和句號「。」。

但是使用時還有其它講究。

1. **頓號「、」**用來分隔並列的同類詞、相同結構的短語。

　例一：東嶽泰山、南嶽衡山、西嶽華山、北嶽恒山和中嶽嵩山並稱五嶽。（最後兩個用「和」字連結就省掉頓號。）

　例二：小息時，同學們打球的、聊天的、吃東西的各適其適。

2. **逗號「，」**句子未完，來到暫歇處。（可停一次到多次。）

　例一：聽君一席話，勝讀十年書。

　例二：人生路上有荊棘，途中有風雨，都在預料之中。

3. **分號「；」**句子完成一半，還有可補充處。或在排句之間。

　例一：朝辭白帝彩雲間，千里江陵一日還；
兩岸猿聲啼不住，輕舟已過萬重山。

　例二：男性之中，有人粗獷，嫌野了些；有人豪爽，江湖了些；有人溫柔，脂粉了些；有人正派，嚴肅了些。

4. **句號「。」**意思已完成，動作已了結。

　上面各例中都已包含句號。

練習

請另附紙寫一段文字包「、，；。」四種標點。

42 問號——疑問有多種

眾多標點符號中，問號「？」的使用相對簡單，卻也不是完全沒有問題。

它包括：

疑問　他真是你弟弟嗎？樣子不像哩。

詢問　你幾歲？

責問　你為什麼抄人家功課？

反問　你問我我問誰？

商量　你肯借單車給我用兩天嗎？

猜測　他缺席，是不是病了？

1. 雖然有疑問詞，但不期望回答，不用問號。例：誰知道這麼大的工程能不能如期完成。

2. 多個單詞作選擇，問號放最後。你喜歡吃蝦餃、牛肉球、還是乂燒包？不是：你喜歡吃蝦餃？牛肉球？還是叉燒包？

3. 多個獨立的問句供選擇，就要每句加問號。你認為理想的職業最重要是有沒有豐厚的薪酬？能不能對社會有貢獻？符不符合個人興趣？不是這樣：你認為理想的職業最重要是有沒有豐厚的薪酬，能不能對社會有貢獻，符不符合個人興趣？

練習

請辨認哪個句子用問號？哪個用句號？

1. 沒有人知道最後的結果是怎樣

2. 有誰知道這齣戲的最後結果

感歎號——情緒強烈時

為了表達強烈的感情，我們用感歎號「！」。

1. 歡呼　　我們勝利了！
2. 惋惜　　太可惜了！
3. 祈求　　願上天賜福我們！
4. 命令　　保持肅靜！
5. 讚美　　太可愛了！
6. 厭惡　　真討厭！
7. 驚慌　　哎呀！嚇死我了！
8. 呼痛　　痛死我了！
9. 笑　　哈哈！
10. 生氣　　哼！
11. 反問　　信不信我會打你！

有人為了表現感情十分強烈，用兩個！！甚至！！！其實並沒有必要。

練習

請在 1 至 11 的用法中選 5 個各舉一例。

44 書名號——表示是作品

現代寫作，人名、地名（國家、城市、山、河）、建築物、藥物、機構（學校、醫院、組織、會社）等已經少用標點標示，例如：

1. 魯迅是現代最具影響力的作家。
2. 粵港澳大灣區的城市包括香港、澳門兩個特別行政區，和廣東省廣州、深圳、珠海、佛山、惠州、東莞、中山、江門、肇慶九市。

但是書名、文章篇名、報紙名、刊物名、戲名、歌名仍然用標點《 》和〈 〉兩種「書名號」標示，像：

1. 《吶喊》和《彷徨》是魯迅的作品。
2. 《獅子山下》由黃霑作詞，顧家煇作曲。

書名和篇名同時出現，可以這樣：

1. 在《鄧麗君歌集》中我最愛聽〈小城故事〉。
2. 《〈文藝月刊〉發刊詞》是總編輯自己寫的。
3. 《唐詩三百首．金鏤衣》的作者是杜秋娘。

練習

請替以下各句加上書名號。

❶ 兩個王子都是童話中的名篇，小王子和快樂王子。

❷ 安徒生童話海的女兒是一個美麗哀傷的人魚故事。

❸ 失眠之夜陪她渡過了一個失眠之夜。

引號——表示是說話

李老師說：「胡適說：『自古成功在嘗試』，我們要有嘗試新事物的勇氣，從失敗中求進步。」

例句中有兩種「引號」：單引號「」和雙引號『』。

一般說話用單引號：

「上課要專心哦！」媽媽說。

「知道！」我說。

話中有話，像開頭的例子才需要雙引號。

引號的用法還有：

1. **引用別人或現成的話**。我讚同：「勿以善小而不為，勿以惡小而為之。」
2. **特別指稱**。「AI」指人工智能。
3. **強調**。雁在天空排成「人」字或「一」字。
4. **照講，但不同意**。你的「同情」我領教過了。

練習

請替下面這段文字加上引號。

1. 一場被稱為世紀之戰的拳賽即將開始。
2. 這樣的勇敢其實是魯莽的表現。
3. 父親說：做一個對社會有貢獻的人，是我對你們的期望。
4. 老師說：天生我材必有用是李白的詩句。

（六）文章選讀

從本章開始，全部篇章選讀來自阿濃作品

46 懷念蟲兒

後園一樹梨花開得正盛，嗅嗅不覺有什麼香味，擔心吸引不到蜜蜂來採蜜，影響收成。留意觀察，才看到一兩隻蜜蜂在枝頭鑽進鑽出。心想如果是在香港，那蜜蜂和蝴蝶該是連羣結隊而來了。

大概是受天氣影響，此地的昆蟲鳥雀種類和數目都少於亞熱帶的香港。

數年來竟不曾見過一隻蝴蝶，梁祝的精靈無意來此。也不曾見過蜻蜓，雷雨前滿天飛舞的壯觀固然不會出現，點水於蓮葉之間，靜立於新荷梗上的畫意亦無從得睹。

夏日固然聽不到蟬鳴，春雨池塘也沒有蛙鼓，紡織娘*無意在此設廠，階前不聞蟋蟀的歌吟。

蚱蜢、金龜子、金絲貓這類孩童的天然玩具十分難尋，燈前也欠缺魯迅曾向牠們致敬的小青蟲陪我寫作。

牆角的蜘蛛看來常處於飢餓狀態，惟一使我高興的是沒有猥瑣的蟑螂用牠們多毛的腳到處爬來爬去。

* 紡織娘：又叫蟈蟈，善於跳躍。雄性紡織娘的前肢摩擦時會發出「軋織軋織」的聲音就像紡紗機紡織時發出的聲音，因而得名。

文章的主要部分是：

為什麼在異鄉懷念故鄉的蟲兒？

懷念哪些蟲兒？為什麼懷念牠們？

懷念的蟲兒有蝴蝶、蜻蜓、蟬、蛙、紡織娘、蟋蟀、蚱蜢、金龜子、金絲貓、小青蟲。

每種蟲兒用簡潔的文字介紹牠的特點，如蝴蝶是梁祝的精靈，蜻蜓於雨前滿天飛舞，會發聲的有蟬、蛙和紡織娘，孩子的玩具有蚱蜢、金龜子和金絲貓。

而隱藏的文學性包括「梁祝化蝶」、「點水蜻蜓款款飛」、「小荷才露尖尖角，早有蜻蜓立上頭」、「青草池塘處處蛙」、《詩經》中有蟋蟀階前的鳴聲，魯迅曾向燈下的小青蟲致敬。提高了文字的質素，讓懂得的人有會心的愉悅。而「紡織娘設廠」是幽默的擬人。

文章的最後把景況回到異鄉的現實，是頭尾相呼應的結束手法。

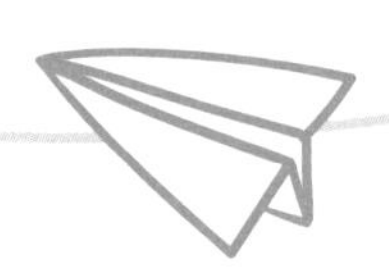

47 落葉季節

正是落葉季節，不但是楓樹，還有其他許許多多種類的樹，都抖落一身的葉子，剩下光光的枝幹。本來被遮擋着的天空、遠山、房屋都顯現了出來，空間變得廣闊了。

許多掉在地上的葉子並未枯萎，有嫩黃、有淺褐，一張張互疊着，形成美麗的圖案。我喜歡撿拾一些小片而顏色好的，寄給遠方的小朋友。

以我粗淺的植物學知識，以為植物落葉是為了應付秋冬乾燥的氣候，葉子掉下之後減少了水分的蒸發。可是溫哥華的秋冬反而是雨季，樹葉照掉可也，又是為了什麼呢？這有待植物學家的解釋了。

我能夠想得出來的理由只是：舊葉子不掉，春天怎會有新葉子？

因此舊葉子是值得我們欽佩的，它們不戀棧於枝頭，該離休的時候便離休，自己變成肥料，滋養本株。那些走路也要人扶的政壇元老，請向落葉學習。

文章的主要部分是：

落葉季節的景況。

雨季落葉的疑問和答案。

向落葉學習什麼？

文章對落葉原因的猜測，不是為了找尋植物學的解釋，而是借題發揮，要人類學習它勇於引退，使社會保持鮮活的生命力。

文章的第一段寫了落葉的大景觀，第二段便是落葉的特寫。就像攝像鏡頭由遠至近。

第三段提出了雨季落葉的疑問，屬於起承、轉、合的「轉」。

但文章的目的志不在此，用一個非科學的理由引入落葉對人生的啟示：別戀棧權位，該退便退，把積累的知識和經驗，滋養新的一代。

文章如果沒有一個引發思考的主題，它的價值會大減。

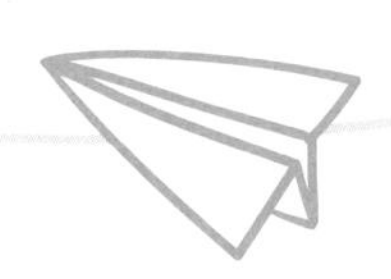

48 情緒人

有一種人二十四小時都在鬧情緒。

他對身邊的一切都不滿意，尤其對身邊的人。

他嫌人家在他想用洗手間的時候佔了先，哪怕人家剛進去，也要大力拍門催促人家快點讓給他。

他嫌人家擋他的路，當他越過別人時，一臉的不高興，嘴裏還要發出不滿意的聲音。

他接電話，如果不是找他，就用不耐煩的聲音叫人來聽，還要說一聲：「討厭！」讓打電話來的人也聽見。

他對人家講話，人家聽不清楚，想他再說一次，他就很不高興。人家對他說話，他聽不清楚，他就更不高興。

他討厭身邊人發出的一切聲音：打呵欠、咳嗽、打噴嚏，他會給聲音的來源一個怒目，表示不滿。

他不喜歡別人向他詢問任何私人問題，包括在哪裏畢業、今年多少歲、他穿的皮鞋在哪裏買……他用不正面答覆來顯示他的情緒。譬如人家問他皮鞋在哪裏買的，他明明記得，也會冷冷的說：「忘了！」睡覺了，情緒人嫌他的另一半搶了他的被，牀頭燈射了他的眼，抓癢令牀搖動，打鼾使他失眠。

情緒人大多失眠，一失眠

情緒更壞，把睡不着覺的原因歸咎別人。即使他們睡着了，也磨牙咧嘴，大說夢話，分明在夢中大鬧情緒。

這篇文章，供大家學習的有兩點：

一、人物素描

寫人物有多種寫法，可以很全面，包括他的姓名、籍貫，年齡、樣貌、教育程度、家庭境況、朋友、人生大事……最重要的還是個性。也可以集中寫他的個性，使人覺得活生生，很鮮明。

二、列舉法

把配合要求的事實一件件列舉出來，組合成一個有特色的他。這方法寫種種題目都可以，只要你掌握的材料多。魯迅寫阿 Q 也是把符合他個性的行事一件件寫，但通過有連貫性的故事，而不是平行的列舉。

本文列舉的事實共八類。用一句話就提綱挈領開了頭，到最後用夢中也不改脾性把情況推到極致來作結。

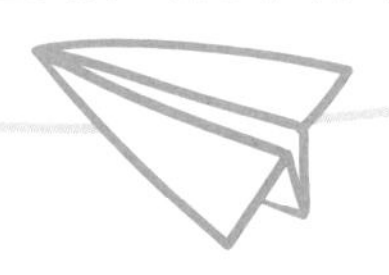

練習

請另附紙，從以下兩題中選一題用列舉法寫一種人的個性。

1 心急人　　2 懶人的一天

49 上默書課

今天同學們都有點緊張，因為第一課便是英文默書，很多同學都沒有準備好。

昨晚電視播映一套長片，又緊張，又恐怖，又好笑。大家顧得看戲，默書便沒有充分準備。

英文老師麥太太是個很嚴肅的人，她說過要默書就絕不會改期，誰要是不及格便得罰抄，而且不止抄一次，可能抄得你手指痛。

上課的鈴響了，大家唸唸有詞，作最後的記憶，課室裏嚶嚶嗡嗡，像一班小和尚在讀經。

可是走進課室來的卻是胖胖的教中文的老師，大家叫她「沈肥肥」的大好人。她說：「麥老師因為感冒發燒，今天請假，由我來代課。」

她一宣布，課室裏立即爆發出一聲：「好啊！」

有人把英文書拋向半空，還有人鼓起掌來。

就在這時候，一個瘦瘦的大家熟悉的身影出現在課室門外，那不是麥太太是誰！

「沈老師，謝謝你，我回來了。」「你不舒服，在家多休息嘛！」

「吃了藥，好多了，覺得不應該懶惰。」麥太太說。

於是大家一聲不響的默書，不過有好幾對耳朵是通紅通紅的，耳朵的主人，相信剛才喊「好呀」的時候，一定被麥太太聽見了。

這是一篇記敘文，屬生活故事類，用的是第三身敘事。

故事分幾部分：

今天要英文默書；

同學沒有準備好，擔心會被麥老師罰；

麥老師病了沈老師代課，不用默書；

同學們開心叫好；

麥老師突然回來了；

默書繼續，同學們怕麥老師聽到他們喊好，感到不好意思。

寫故事情節要合理：

大家沒有準備好是因為 ....

大家擔心被罰是因為 ....

大家叫好又鼓掌是因為 ....

麥老師突然又回來是因為 ....

同學們的耳朵紅了是因為 ....

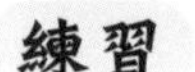

練習

請另附紙用第三身敘事法寫一件學校發生的事。

50 一節童話課

中二一節閱讀課，讀的是安徒生寫的《醜小鴨》，老師開始帶引同學討論。

老師：同學們覺得這個故事想告訴我們什麼？

志強：告訴我們不論處境多惡劣，不要氣餒，如果你是天鵝，始終會成為天鵝。

小芳：是不是也同時告訴我們，如果你不是天鵝，那麼不論你有多努力，結果仍然是一隻平凡的鴨？

國棟：我們怎知道自己是天鵝還是鴨？

志強：如果不知道，就當自己是天鵝吧。

國棟：有什麼好處？

志強：自信會強些，要求會高些，對個人質素會加強些。

國棟：到後來發現自己始終是隻鴨，會不會很失望？

志強：經過努力，總有好處，做鴨也是一隻出色的鴨。

小芳：一定要出色嗎？做一隻普通的鴨不行？

志強：做人要有大志，想出色未必就能出色，不想出色就一定庸庸碌碌過一生了。

小芳：能者多勞，出色的人不是庸庸碌碌，卻是勞勞碌碌，很可能積勞成疾，英年早逝。莊子說過，那大樹就因為無用，逃過被斬伐的命運，得享長壽。

志強：一個人來到世界，無所貢獻，長壽又有什麼意思？總要轟轟烈烈，做一番事業。

小芳：就像煙花，也不過片刻燦爛。人生短暫，只要活得開心，管他是鴨還是天鵝！

老師（微笑）：小芳的話不像是你這個年紀的想法，不過我同意，我們的生命由我們自己支配，如何選擇無分對錯，不過要活得開心，絕非容易。

老師眉頭微蹙，輕輕歎了口氣，下課了。

這篇文章有一個有趣的體裁，是記敘文，記述一節語文課上課的情形。但主要以對話進行，像寫劇本。而內容是討論人生意義，又是議論文。

文中有四個角色，志強、小芳和國棟，從他們的發言可以了解他們對人生的看法，也就有了不同的性格。而老師的態度是接納、包容和開放，他對人生有感喟，但不想影響年輕人，只希望他們活得開心。

寫議論文的論點要有正反兩方意見，但都要言之成理。結論也可以是開放式，留給讀者思考的餘地。

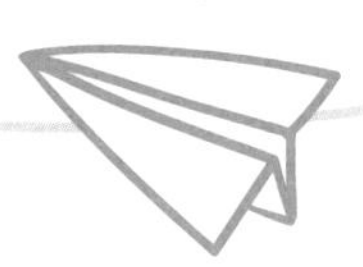

練習

請另附紙以對話方式談論《愚公移山》。（可從堅毅精神和環保考慮去發揮。）

51 咪咪日記（節錄）

八月十二日　星期日　晴

今天是星期天，蘇珊老太像平常一樣，早上六點便起牀了。臉還沒有洗，便去煮咖啡。我對咖啡沒有好感，便吵着要到花園去。

蘇珊老太開了花園的門讓我出去，草地上的露水沾濕了我的毛外套。草太長了，上星期她兒子沒來幫她剪草，這個星期天該來了吧？我知道她從星期一到星期六都盼着兒子回來，星期天能和兒子相聚，是她最開心的一天，如果不來，她不知有多失望。

園子裏其實也沒有什麼好玩的，一隻松鼠鬼鬼祟祟的從栅欄上跳下來找東西吃。牠們都是大近視，看不到我。雖然牠們的名字也有個「鼠」字，但不是我要對付的傢伙。為了顯示我是這個園子的主人，我還是向牠撲了過去，嚇得牠急忙爬上一棵柏樹，還發出吱吱的驚叫聲。哈哈！讓你知道本小姐的厲害。

我回到屋子裏去的時候，蘇珊老太正在吃早餐。

我的盆子裏也有一份，這種罐頭貓糧我已經吃過許多年了，她不知我有多厭。不過她自己的早餐也是五十年不變，真服了她。

吃過早餐她去洗臉化妝，每逢上街之前，她都花很多時間在她的臉上。她今天會去教堂，那打扮就更隆重。我胡亂吃了幾粒那不知所謂的早點之後，便用口水為自己洗臉。我們是不化妝的，天生麗質嘛！

「咪咪」是一隻貓的名字。本文有兩個特點，一是貓的角度，二是日記形式。

貓的角度是以貓的眼看世界，以貓的腦袋思考，以貓的身體感受。

日記形式是有日期、天氣、用第一身敘事。寫的是同一天的事。

在這節錄的部分寫了主人蘇珊老太和松鼠，老太兒子的事是伏筆，在故事的結尾部分，也就是一天的最後才歸結。

故事從早上開始，老太一早起牀煮咖啡，吃早餐，餵貓，洗臉、化妝，都是西方人老太的習慣。

故事拿老太的習慣和咪咪作有趣的比對：老太的早餐和貓糧都是「五十年不變」，老太花很多時間化妝，咪咪卻只用口水洗臉，各有各的可笑。

中間一段寫松鼠，說牠鬼鬼祟祟找東西吃，說牠大近視，說牠膽子小，都是實情。而咪咪故意嚇牠，是以強凌弱的頑皮。

文字中有不少幽默元素，增加了閱讀趣味。

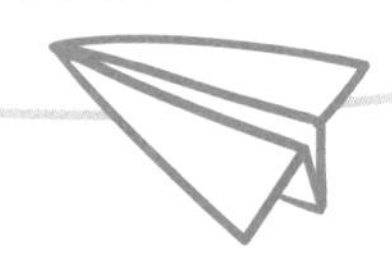

練習 請另附紙寫一篇《波波日記》。「波波」可以是一隻狗，一個足球或任何一樣東西。

52 腳

這些時試着步行上班，由於節省了候車時間，倒也慢不了多少。當我一步一步，終於到達目的地時，不禁深感雙腿有用。

人的四肢之中，自從兩手放棄了「行」的任務，去從事其它工作之後，似乎取得了較高的地位，欺負起他的老拍檔來，我這樣說絕沒有冤枉了手，而是有事實根據的。

只要把雙腳的樣貌和雙手比較一下，就會發覺腳是一副勞苦相，再摸摸腳底的皮，一定比雙手硬得多，厚得多。也就可以證明是誰的工作更為辛苦了。

有人說，那是因為腳笨，不會做工作，被人看不起，活該。其實腳一點也不笨，他有很多工作不會做，只因為缺乏訓練而已。有一位無手的雕刻家，他就是用腳工作的；馬戲班和雜技團裏有些藝員的腳，表演起來比手還靈活，就是訓練的結果。

其實，腳是一個謙虛者，他默默地服務着，不則一聲。當手在交際場合或相握，或舉杯祝飲，或揮搖示意時，腳是沒有誰注意的。

腳也有受人注意的時候，在足球場上，溜冰場上，田賽、徑賽場上，千萬人矚目的就是運動員的雙腿，他們或則表演出種種的花式，或則顯露出驚人的技巧，或則呈現令人興奮的速度和力量。可是，在雙腳拚命地取得勝利之後，鎂光閃爍之中，捧去獎杯的卻是雙手。

腳，惟一引以為慰的是，每晚替他沐浴清潔的是雙手。或許就是這每日一次的服役，使腳辛勞工作而從不表示不平吧。

這是一則小品。所謂小品，字數不多，故事性不強，散文的一種，少談大事，多從日常生活出發。

寫的是腳，卻用手做比對。因為許多動物有腳無手，前腳進化為手是一個極大的進步。

比對的方面包括形狀、能力、所受待遇。

不公平的是用腳爭取回來的榮譽，卻由手去捧獎杯。

腳唯一感到安慰的是，每晚替他沐浴清潔的是雙手。

能夠寫出這樣有趣的文字，靠的是思考。所舉的事例都是普通常識，但把他們一比拼就隱含哲理。人也分不同角色，思想起來，有的像手，有的像腳。你該怎樣看待這樣的關係？

練習

請另附紙寫一篇《耳和嘴》。

53 小傢伙

在許多公開性的遊藝活動中，都會出現一批活躍得令人討厭的小傢伙。

他們到場比人早，而且不到散場絕不離開，因為他們有的是時間。

他們絕不需要父母陪同，因為父母要為生活奔波，根本就不會陪他們玩。

他們衣着隨便，踢着對污穢的拖鞋，汗衫短褲，夾雜在穿着整齊的嬌兒寵女之間。

他們樣樣都要玩，而且本領高強，常常得獎。

他們樣樣都要吃，只要拿得到手，就往嘴裏塞，絕不客氣，也不知什麼叫做斯文。

他們樣樣都要拿，哪怕是與他們毫無關係的宣傳品，他們一拿也是一大疊，情願一離場就丟掉。

他們目光銳利，行動敏捷，沒有顧忌，使我想起沒有人養的野狗，這些特點都是在生活中鍛煉培養出來的。

他們是有點討厭，但他們更值得關心，因為生活對他們並不公平。

這是一篇生活隨筆，就生活中一些現象，抒發感想。

同學們要學習的第一是觀察，第二是從現象中看到問題，並且作出正確的判斷。

文章以一個個「他們」開始，簡要、生動地描繪一羣低層家庭孩子的「討厭」表現，他們的貪婪、不顧他人、不守秩序但目光銳利、行動敏捷，一共有七點。

作者以同情和理解的態度看待這些，說這些都是在生活中鍛煉和培養出來的。他們是有點討厭，但他們更值得關心，因為生活對他們並不公平。

這個結論顯示了作者的修養、見識和他對下一代的關懷。結論字數佔比例不多，但就像秤桿和秤鉈，以分量取得平衡。

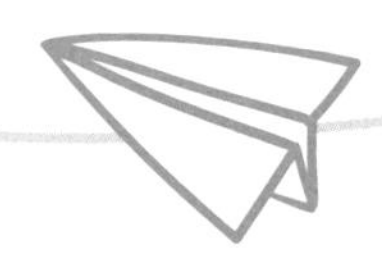

練習

請另附紙寫一篇短文，解釋為什麼小傢伙們會有這些討厭的表現。

例：他們樣樣都要吃，不客氣，不斯文，是因為他們物質的貧乏，平常沒有好東西吃。像巧克力、雪糕都是奢侈品。

54 可愛的性格（節錄）

她到水果攤上買水果，興奮地歡呼：啊！這蘋果靚呀！這提子新鮮呀！也不講價，就請檔主幫她揀。檔主很高興，十個顧客倒有九個半嫌這樣嫌那樣的，還沒有碰見過這樣友善的姑娘。於是真的認真地揀最好的給她，那斤量也是十足的。我說：「你由得他揀，不怕人家騙你嗎？」她信心十足地說：「不會的！怎麼會呢！」是的，誰又忍心騙她呢？

她帶我們到館子裏吃東西，從部長到伙計她都叫得出名字，還向我們介紹呢：「這位堅叔是部長，最好人！你們下次來吃東西沒有枱子，找堅叔就是了。這位哥哥仔叫華哥，比周潤發還要靚仔，他的女朋友可多哩！這裏廚房的味道一流，大酒樓的菜也沒有這麼好吃！」真是不由你不信，那些小菜真炒得好，堅叔和華哥的招呼更是殷勤。

她還和堅叔閒談，似乎連他孩子的名字叫什麼，在哪裏讀書也知道。我說：「堅叔是你的親戚嗎？」

她說：「堅叔和我同姓，說不定五百年前是一家。」

這是一篇人物素描，着重寫的是人物性格。

節錄的是文章三部分：

一、主角購物的表現；

二、主角去餐廳的表現；

三、主角性格的總結。

主角購水果而請檔主替她揀，這份信任使對方不想辜負她。

主角去餐廳表現是跟老闆店員都熟絡，她親和的性格使大家當她是自家人。

描寫的文字輕快活潑，配合到她的性格。

最後的總結重複使用了「高高興興」，不是作者語彙貧乏，而是加強了效果。

寫人物性格要突出他們的特點，他們的行事都要符合他們的個性。

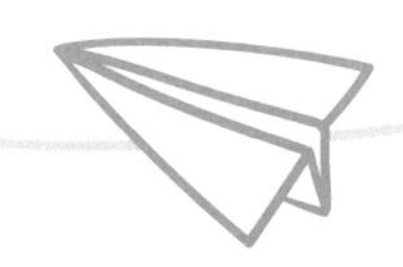

練習

請用《有性格的老人》做題目，通過幾件事表現他的性格，例如不服老，孤僻，返老還童。

55 看不到的服務

往列治文觀音廟食齋，服務員拿餐牌來之後，先介紹收費規矩。

她說全部主菜每種收費加幣 18 元，點心一律 6 元。最低消費每位 18 元，已包括茶錢和稅。

很好，把規矩說清楚就沒有誤會。於是我們三人就叫了兩個主菜三個點心，心算剛好 54 元，符合要求。

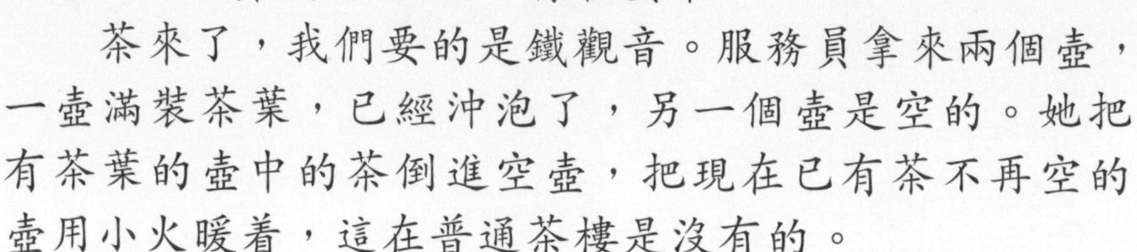

茶來了，我們要的是鐵觀音。服務員拿來兩個壺，一壺滿裝茶葉，已經沖泡了，另一個壺是空的。她把有茶葉的壺中的茶倒進空壺，把現在已有茶不再空的壺用小火暖着，這在普通茶樓是沒有的。

服務員跟着介紹這壺茶的沖泡過程：茶葉是上等的，分量是足夠的，未泡之前茶葉是「洗」過的，那空壺也是暖過的。她說寺觀的師傅很講究飲茶，他想每個顧客都享用到好茶。他盼顧客多喝，他們不介意一次又一次沖水，最希望客人多飲，不要把茶浪費了。

我們聽了這看不到的用心服務過程，也就用心地品茶，果然特別香醇，遠勝外面茶樓的茶。我們也一次又一次的要求沖水，飲了很多。

膳後結賬，果然是最低消費的 54 元，什麼其它雜費也沒有。誠意、用心、公道的服務，贏得我們將會重來的意願。

如前面所言，一篇作文，大部分的結構是起、承、轉、合四部。

起 文章的開頭，或事件的開始，或問題的提出。

承 承接開頭，把事件或問題發展下去。

轉 進入細節，或提出反問，或加以補充。

合 結束事件或得出結論。

本文是一個例子：

第一段是簡要的事件**起**始。

第二、三段**承**接第一段的「收費規矩」，將之列出。

第四、五段意外地獲得與眾不同的服務，是筆鋒一**轉**。

第六、七段是這次食齋的感受和評論。回應了題目的「看不到的服務」是用心的服務。

文章完整地收**合**了。

(七) 改錯

56 再回首——從頭看

文章寫好了，有時間，從頭看，至少一遍。為的是改正錯漏。這一步十分重要！

練習

下面的句子各有錯別字，把它劃掉，正確的寫在（　）中。

1. 見到多年不見的老同學，大家都很高慶。（　　）
2. 只問耕耘，不問收獲。（　　）
3. 到了黃昏，雨還是下過不停。（　　）
4. 他的廚藝本市手屈一指。（　　）
5. 這劇院只得 400 坐位。（　　）
6. 只因貪婪才落得如此景地。（　　）
7. 新年到，掛上新月歷。（　　）
8. 他妄顧公眾利益，破壞公眾設施。（　　）

參考答案

（一）面對題目

P. 6

1. 運動、趣　2. 大樹、自述
3. 難忘、童年、往事

（二）決定體裁

P. 23

練習 1

季節、交通、飲食、遊伴。

P. 24

1. 國桐　2. 張老師

（三）基本技巧

P. 31

1-3：第三身　4：第一身

（四）字和詞

P. 44

練習 1

1. 房屋　2. 田地　3. 蔬菜　4. 疾病

練習 3

湖北（鄂）、安徽（皖）、山西（晉）

P. 47

1. 她們　2. 你　3. 他、他、你
4. 我們、他們

P. 50

1. 首　2. 篇　3. 艘　4. 門

P. 51

1. 方　2. 潭　3. 懷　4. 朵

P. 53

影相（拍照）　飛髮（理髮）
揸車（開車）　返工（上班）

P. 52

1. 沒事不要打電話來。
2. 別怪我不給你面子。

P. 57

1-9 填「一」，10 填「十」

P. 58

褒義有：1、2、4、5、9、12
貶義有：3、6、7、8、10、11

P. 59

含淚、啜泣、鼻酸、眼圈兒一紅、痛哭、哀號、號啕、撕肝裂肺

P. 62

1. 兒　2. 兒　3. 子　4. 兒/子
5. 兒　6. 子

P. 63

1. 他 15 歲入行，做了 10 年，已是業內老手。
2. 兄弟三人，20 歲的他是老大。

（五）標點

P. 68

1. 。　2. ？

P. 70

1. 兩個王子都是童話中的名篇，《小王子》和《快樂王子》。
2. 《安徒生童話．海的女兒》是一個美麗哀傷的人魚故事。
3. 《失眠之夜》陪她渡過了一個失眠之夜。

P. 71

1. 「世紀之戰」
2. 「勇敢」
3. 「做一個對社會有貢獻的人，是我對你們的期望。」
4. 「天生我材必有用是李白的詩句。」

（七）改錯

P. 94

1. 慶改興　2. 獲改穫　3. 過改個
4. 手改首　5. 坐改座　6. 景改境
7. 歷改曆　8. 妄改罔

阿濃老師教作文

作　　者：阿濃
插　　圖：郭中文
責任編輯：張斐然
美術設計：徐嘉裕、郭中文
出　　版：新雅文化事業有限公司
香港英皇道 499 號北角工業大廈 18 樓
電話：(852) 2138 7998
傳真：(852) 2597 4003
網址：http://www.sunya.com.hk
電郵：marketing@sunya.com.hk
發　　行：香港聯合書刊物流有限公司
香港荃灣德士古道 220-248 號荃灣工業中心 16 樓
電話：(852) 2150 2100
傳真：(852) 2407 3062
電郵：info@suplogistics.com.hk
印　　刷：中華商務彩色印刷有限公司
香港新界大埔汀麗路 36 號
版　　次：二〇二四年七月初版

ISBN: 978-962-08-8422-1

18/F, North Point Industrial Building, 499 King's Road, Hong Kong
Published in Hong Kong SAR, China
Printed in China